Chapitre 1
Où est passée mon étoile ?

Freya

L'ombre du prince

Il était une fois un vaste royaume nommé Sigurd, situé au nord du continent…
Sigurd
qui ne cessait d'étendre son territoire au détriment des pays alentours par la force des armes.
Tyr
Le petit royaume de Tyr n'échappait pas à la voracité de ce belliqueux voisin qui, petit à petit, lui grignotait ses terres…
FIUUUUH
POF

TAP
Le royaume de Tyr…
FLAP
FLAP
est un charmant pays bordé par une dense forêt et une mer tranquille.

DIS DONC, FREYA ! TU T'ES ENCORE AVENTURÉE...
SUR CETTE DANGEREUSE FALAISE ?!
DÉ...
DÉSOLÉE, GETTY...
SOUS TES AIRS TIMIDES, TU CACHES BIEN TON JEU, HEIN !
PAS ÉTONNANT QUE CERTAINS T'APPELLENT "LE PETIT SINGE INTRÉPIDE" !
BLUSH
BLUSH
AH BON ? HÉ HÉ...
ça te fait rire ?!
COMME LES PLANTES POUR MAMAN NE POUSSENT QUE LÀ-BAS...
PLOF
JE SAIS !
CLAC
JE VAIS T'EN FAIRE UNE SOUPE !
SALUT, GETTY !

OH, FREYA ! ÇA TOMBE BIEN...
DONNE CE POISSON À TA MÈRE !
OH, DES PLANTES MÉDICINALES !
JE T'AIDERAI À EN CUEILLIR !
MER... MERCI, TOUT LE MON...
PLIC PLOC
OH !
IL FAUT QUE J'AILLE FAIRE LA PLONGE !
À tout à l'heure !
VRT
ARRÊTEZ DE FAIRE PLEURER MA PETITE SERVEUSE, LES GARS !
QUELLE PLEURNICHEUSE, CETTE FREYA !
ET DIRE QUE C'EST LA FILLE DE SKADI...
AH !
IL PARAÎT QUE SKADI S'EST ENCORE ÉVANOUIE...

ÇA M'INQUIÈTE UN PEU…
NE T'EN FAIS PAS, ELLE S'EN REMETTRA !
OUI…
ÇA IRA…
ÇA IRA…
ICI, C'EST TENA, LE VILLAGE NATAL DE MAMAN…
OÙ ELLE EST REVENUE VIVRE…
APRÈS ÊTRE TOMBÉE MALADE EN VILLE, IL Y A 12 ANS.
JE N'AVAIS ALORS QUE QUATRE ANS.
AU FAIT, VOUS ÊTES AU COURANT ?
LE VILLAGE D'À CÔTÉ A ÉTÉ ENVAHI PAR LA SOLDATESQUE DE SIGURD…

ON DIT QUE LES VILLAGEOIS SONT RÉDUITS À L'ESCLAVAGE…
ET QUE LE NOUVEAU GOUVERNEUR EST D'UNE INCROYABLE CRUAUTÉ…
J'AI MOI-MÊME VU DES CADAVRES SANS TÊTE…
C'EST AFFREUX…
SPASM
TU CROIS QU'ON VA Y PASSER ?
BIEN SÛR QUE NON !!
BAAM
ON VA PROTÉGER TOUS LES VILLAGEOIS, À COMMENCER PAR SKADI LA GRABATAIRE ET SA PETITE FREYA !
ALLEZ ! DU NERF, LES GARS !

TU... TU AS RAISON, GETTY !
OH !
NE PLEURE PAS, TOI !
CE VILLAGE EST EMPLI D'AMOUR...
ET POURTANT...
QUAND JE VOIS MA MÈRE S'AFFAIBLIR DE JOUR EN JOUR...
TIENS BON...
ET QUE J'ENTENDS DE FOLLES RUMEURS SE RAPPROCHER DU VILLAGE...
TIENS BON...
JE MEURS D'EFFROI...
ET LÀ, JE ME DIS...
SI SEULEMENT CES DEUX-LÀ ÉTAIENT À MES CÔTÉS !

J'AIMERAIS TELLEMENT LES REVOIR...
FREYA !
COMMENT VAS-TU, PETITE ?

NOUS VOICI DE RETOUR !

AARON !
ALEXIS !
HEUREUX DE TE REVOIR !
ÇA FAIT UN BAIL...
TOUJOURS EN TRAIN DE PLEURNICHER, TOI...
À quoi ça sert ?
ENFIN LES VOILÀ !
MES DEUX AMIS D'ENFANCE QUI ME SONT SI CHERS...
OYEZ, OYEZ, AMIS VILLAGEOIS !

VOICI LE RETOUR D'AARON…
L'ENFANT DU PAYS…
PARTI À LA CAPITALE IL Y A TROIS ANS ET QUI, DEPUIS, EST DEVENU L'UN DES GARDES DU CORPS DU PRINCE EDWARD…
BIEN QUE N'ÉTANT PAS ISSU DE LA NOBLESSE !
MERCI POUR VOTRE ACCUEIL !
BROUHAHA
BRAVO, AARON !
ON A TOUJOURS CRU EN TOI !
TES EXPLOITS NOUS ÉTAIENT DÉJÀ PARVENUS !
TAP
ぴょん

ON RACONTE QUE LE PRINCE EDWARD, SURNOMMÉ "L'ÉTOILE MONTANTE DE TYR"...
EST AUSSI FORT QU'INTELLIGENT...
ET QUE SON BRAS DROIT, AARON LE "CHEVALIER NOIR", A UNE RÉPUTATION...
QUI DÉPASSE LES FRONTIÈRES DE TYR !
ON DIT SURTOUT QU'À EUX DEUX...
ILS POURRONT REPOUSSER LES ASSAUTS DE SIGURD !

Merci de lire le volume 1 de "Freya" !

Même si ça a toujours été mon rêve de dessiner un manga de fantasy médiéval, j'ai longtemps cru que ce n'était pas dans mes cordes.

Mais voilà que l'occasion de m'y coller s'est présentée à moi et j'ai sauté dessus.

Je ne maîtrise pas encore tous les codes du genre, mais c'est avec joie que je dessine cette série dans laquelle j'ai l'intention de dépeindre l'évolution de Freya la petite pleurnicheuse.

J'espère que vous suivrez ses aventures jusqu'au bout !

TU N'ENTRES PAS À L'INTÉRIEUR, ALEX ?
J'AIME PAS LA FOULE, C'EST FATIGANT !
LA PRÉSENCE D'AARON DEVRAIT SUFFIRE, NON ?
NE DIS PAS ÇA, VOYONS !
JE T'AI PRÉPARÉ...
MON FAMEUX SANDWICH À LA SARDINE !
Alex adore ça.
...
Personne d'autre n'en mange.
CHOMP
CHOMP
ES-TU TOUJOURS UN SIMPLE SOLDAT ?

PAS TROP DUR, LE TRAVAIL ?
BOF...
TU FAIS QUOI QUAND TU AS QUARTIER LIBRE ?
ON N'EN A JAMAIS.
AH BON ?
TOI ET AARON, VOUS ÊTES DES HÉROS...
QU'EST-CE QUE JE VOUS ADMIRE !
AARON EST UN HÉROS...
GRMBL
OUILLE !
POF
Merci pour le sandwich !
MAIS MOI, JE NE SUIS...
QUE LE PETIT FRÈRE DE L'ILLUSTRE AARON.
JE NE LUI ARRIVE TOUJOURS PAS À LA CHEVILLE...

ET ÇA COMMENCE À M'ÉNERVER...
NE T'EN FAIS PAS, ALEX !
TU AS BEAUCOUP GRANDI, TU SAIS ?
ET D'ABORD, JE TE TROUVE MAGNIFIQUE !
TOI...
TOI AUSSI, TU ES DE-VENUE...
JOL...

BLAM
ALORS, ALEX ?
TU NE FINIS PAS TA PHRASE ?
ARRÊTE DE M'ESPIONNER, FRANGIN !
TU AS DÉLAISSÉ TES AMIS, AARON ?
OUAIS...
ILS SONT TROP SOÛLS...
Ah là là...
BLEUURP
POF
JE T'AI FAIT ATTENDRE, PRINCESSE !
LE CHEVALIER NOIR VA TE RACCOMPAGNER JUSQUE CHEZ TOI !

QU'ILS SONT CHOUX !
ON DIRAIT UNE PRINCESSE ET SES DEUX CHEVALIERS SERVANTS !
ET DIRE QUE C'EST COMME ÇA DEPUIS QUE LES DEUX GARÇONS ONT ÉTÉ ADOPTÉS PAR SKADI, IL Y A 10 ANS...
AH ! VOUS VOILÀ ENFIN...
MES ABRUTIS DE FISTONS !

NOUS REVOILOU, SKADI !
TU FERAIS MIEUX DE RESTER COUCHÉE…
QUOI ?! TU ME PRENDS POUR UNE MOURANTE ?
J'AI PAS DIT ÇA !
C'EST BIEN BEAU D'ENVOYER DE L'ARGENT AU VILLAGE…
MAIS EN TROIS ANS, VOUS N'ÊTES JAMAIS REVENUS NOUS VOIR !
Calme-toi, maman !
KOF KOF
SKADI !
MAMAN !
MAIS JE VOUS PARDONNE… VENEZ À MOI, AARON ET ALEX !

MAIS DITES-MOI...
HEIN ?
Quelle question...
N'ALLEZ PAS ME FAIRE CROIRE QUE VOUS ÊTES ICI EN VACANCES !
surtout en ces temps troublés...
VOUS ÊTES REVENUS AU PAYS POUR QUOI FAIRE ?
DÉCIDÉMENT, ON NE PEUT RIEN TE CACHER, SKADI...
EN FAIT, LE ROYAUME DE SIGURD EXIGE LA REDDITION DE NOTRE VILLAGE.

F

Dès le départ, je voulais que l'héroine de cette nouvelle série soit une fille tout à fait ordinaire.

En effet, jusqu'à présent, mes héroines étaient plutôt des femmes fortes, reflétant peut-être mes goûts personnels.

Par rapport à ses devancières, Freya est donc une fille frêle et vulnérable.

Cela dit, je compte faire évoluer son caractère pour que l'adolescente timorée puisse vite briller de mille feux !

Mais au fait, peut-on qualifier d'"ordinaire" une fille capable de sauter du haut d'une falaise ?

NE T'EN FAIS PAS, FREYA !
POF
LE PRINCE EDWARD EST AU CHÂTEAU DE ROCCA TOUT PROCHE POUR S'ENTRETENIR AVEC LES ÉMISSAIRES DE SIGURD...
ET D'ABORD, JE SUIS LÀ POUR TE PROTÉGER !
TOUT VA BIEN ALORS...
OUF
VOUS AVEZ DONC REÇU...
UNE PERMISSION SPÉCIALE POUR FAIRE UN CROCHET...
ET VENIR NOUS VOIR ?
C'EST ÇA !
VRAIMENT ? VOUS ÊTES REVENUS JUSTE POUR ÇA ?

OUI...
ON VOULAIT VOUS REVOIR, FREYA ET TOI...
C'EST TOUT !
cui cui
MERCI POUR LES ŒUFS, MADAME !
JE VAIS LEUR FAIRE DES OME-LETTES...

TROIS ANS D'ATTENTE POUR UNE SEULE JOURNÉE DE RETROUVAILLES, C'EST TROP PEU !
ET S'ILS CONTINUENT DE MONTER EN GRADE...
J'AURAI ENCORE MOINS L'OCCASION DE LES REVOIR À L'AVENIR...
AARON ET ALEX SE DONNENT À FOND...
JE NE VEUX PLUS QU'ILS S'INQUIÈTENT POUR MOI !
シャキッ
VLAF
NON ! JE DOIS ARRÊTER DE PLEURNICHER !
OH !
DES TRACES DE SANG ?!

TIENS ?
V'LÀ UNE PAYSANNE DE TENA...
DEPUIS LE TEMPS QU'ON S'EN EST PAS TAPÉ UNE...
MON DIEU...
DES SOLDATS DE SIGURD ?!
MAIS QUE FONT-ILS ICI ?!
ELLE A L'AIR BIEN GODICHE...
MAIS BON...
ON S'EN CONTENTERA !
NOOON !

GWASH
AAAAH !
MISÉ-
RABLE !
SAIS-TU
QUI NOUS
SOMMES ?!

A

Aaron est l'archétype du grand frère protecteur.

Comme dans ma précédente série le héros était un garçon gracile, je suis contente de pouvoir dessiner à nouveau un homme bien taillé.

Mais la conception du personnage d'Aaron n'a pas été facile et j'ai dû recommencer maintes fois avant d'obtenir le résultat final.

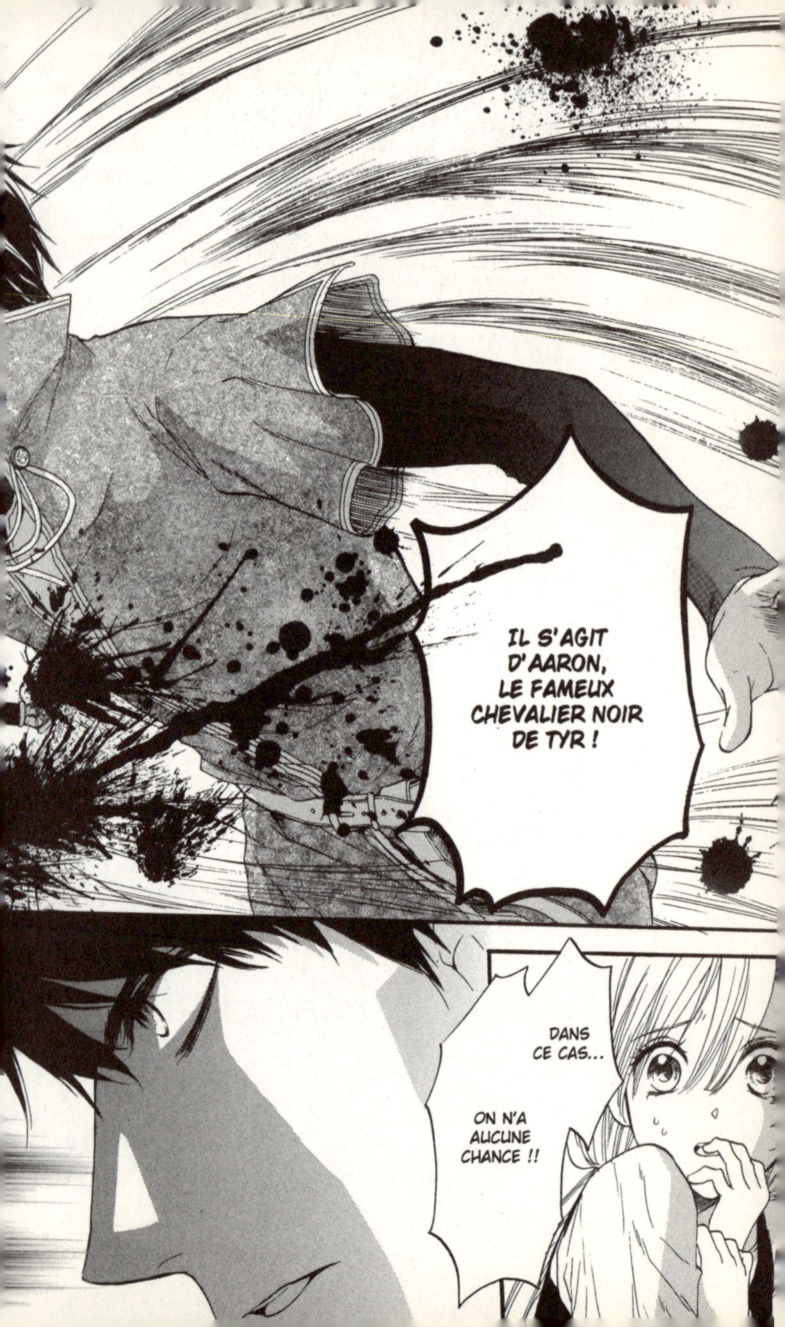
IL S'AGIT D'AARON, LE FAMEUX CHEVALIER NOIR DE TYR !
DANS CE CAS...
ON N'A AUCUNE CHANCE !!

HALTE-LÀ !
AAAH !
LE CHEVALIER NOIR OSERAIT-IL S'EN PRENDRE À SIGURD ?
SIEUR ZABEL !
SIEUR ZABEL !
TIENS ?
C'EST DONC TOI...

ZABEL, LE NOUVEAU GOUVERNEUR DU VILLAGE D'À CÔTÉ !
LE TYRAN QUI PERSÉCUTE NOS VOISINS ?!
SPASM
JE N'AI FAIT QUE DÉFENDRE LES MIENS !
TÂCHE DE MIEUX ÉDUQUER TES SOLDATS !
OUPS, DÉSOLÉ…
J'Y VEILLERAI LA PROCHAINE FOIS…
CLAP
ALLEZ !
EN ROUTE, SOLDATS !
TCHAC

TSS !
HAA
PAS TROP DE FRAYEUR, PETITE ?
TU T'EN REMETS ?
AA-RON...
SE BAT DANS UN MONDE IMPITOYABLE...
OUI ?
FRSH
MERCI, AARON !
TOUT VA BIEN POUR MOI !
JE DOIS ME PRENDRE UN PEU PLUS EN CHARGE...

POUR ÊTRE...
PLUS FORTE...
NE T'EN FAIS PAS TROP POUR MOI, AARON...
SI, JE LE VEUX !
PLUS ON M'ÉVITE, PLUS ÇA M'INCITE À REVENIR À LA CHARGE...
ET LÀ, TU M'AS CARRÉMENT DONNÉ ENVIE DE TE COUVER...
GNIIIH
BLUSH
FREYA !
QUOI ?!

NE FAIS PAS LA TIMIDE, VOYONS !
câlins
ÇA ME FAIT PLAISIR DE TE CAJOLER...
...
FROT FROT
IL ME PREND POUR UNE GAMINE...
DE TOUTE FAÇON, POUR LUI, JE NE SUIS...
QU'UNE PETITE SŒUR...
OUI ?
NON, RIEN !
JE ME DISAIS QUE VOUS ÊTES TOUS LES DEUX DES HÉROS !
VOUS VOUS BATTEZ POUR NOTRE PAYS ET NOTRE PRINCE...
ALORS QUE MOI...
JE NE SAIS RIEN FAIRE...
ON A L'AIR SI HÉROÏQUES QUE ÇA ?
EN FAIT, JE NE SUIS MOTIVÉ QUE PAR DES SENTIMENTS PERSON-NELS...

C'EST-À-DIRE ?
IL Y A DIX ANS...
TAP
ICI MÊME...
DANS CETTE FORÊT, TU NOUS AS SAUVÉ LA VIE... TU T'EN SOUVIENS, FREYA ?
QUOI ?!
VOUS ALLEZ ÊTRE VENDUS...
COMME ESCLAVES À SIGURD ?
VENEZ AVEC MOI !

À PARTIR DE CE MOMENT-LÀ...
TU ES DEVENUE NOTRE UNIQUE TRÉSOR..
TU COMPRENDS ÇA, FREYA ?
BOBOM
AARON...

MON TRÉSOR À MOI...
SE TROUVE AUSSI DEVANT MES YEUX, AARON !
CELA DIT, TU ES TROP NAÏVE !
!
MÉFIE-TOI DES GARS QUI TE RACONTENT LEURS VIEUX SOUVENIRS !
EN GÉNÉRAL, CEUX-LÀ ONT DES ARRIÈRE-PENSÉES INAVOUABLES...
TU SAIS...
NE L'OUBLIE PAS !
POF
POF
...
BOUH...
ÇA M'EST ÉGAL...
D'ÊTRE NAÏVE...

NE L'OUBLIE JAMAIS !

DÉSOLÉ...
C'ÉTAIT PLUS FORT QUE MOI...
POF
OUI, JE M'EN SOUVIENDRAI, FREYA...
JE TE LE PROMETS !

AARON…
Ha ha !
ELLE NOUS SALUE DU HAUT D'UN ARBRE !
Un vrai petit singe !
AARON…
DIS…
QUOI DONC ?
TU M'EN VEUX POUR FREYA ?
Il le sait déjà…
SI J'ÉTAIS PLUS FORT…
CROIS-TU QUE MOI AUSSI…
ARRÊTE ! CETTE PETITE, ON LA PROTÉGERA ENSEMBLE…

AARON, ALEX...
PORTEZ-VOUS BIEN !
CLAP
CLAP
CLAP
SIEUR ZABEL !
ON VA ÊTRE EN RETARD À NOTRE RENDEZ-VOUS AVEC LE PRINCE !
ENCORE LUI ?!
QU'IMPORTE !
LES POURPARLERS N'AURONT PAS LIEU...
CAR...

LE PRINCE EDWARD EST EN TRAIN DE MOURIR...
HEIN ?
NOTRE HOMME M'A CONFIRMÉ...
QUE LE PRINCE A PRIS LE POISON IL Y A TROIS JOURS.
UNE FOIS QU'IL SERA MORT, ON N'AURA PLUS QU'À FAIRE MAIN BASSE SUR LE VILLAGE DE TENA !
ET SI LE ROYAUME DE TYR PROTESTE, SIEUR ZABEL ?
DANS CE CAS, J'ÉCHAN-GERAI TENA CONTRE...
DISONS...

LA TÊTE D'AARON, LE CHEVALIER NOIR !
VOILÀ UNE IDÉE QUI PLAIRA À NOTRE SOUVERAIN !
PRIVÉ DE SON PRINCE HÉRITIER ET DE SON CHEVALIER NOIR..
LE ROYAUME DE TYR N'EST PLUS RIEN !
QUOI ?!
VOUS NE L'AVEZ PAS TROUVÉE ?
NON, MON GÉNÉRAL.

NOUS L'AVONS CHERCHÉE PARTOUT...
MAIS CETTE DÉNOMMÉE "FREYA" EST INTROUVABLE !
ALORS...
TENA TOMBERA AUX MAINS DE L'ENNEMI !
PLAF
MAIS POUR ÇA...
SI SEULEMENT ON POUVAIT CACHER À SIGURD...
L'ÉTAT DÉSESPÉRÉ DE NOTRE PRINCE !
IL NOUS AURAIT FALLU...
L'AIDE DE CETTE JEUNE FILLE CENSÉE VIVRE À TENA !
J'EN SUIS DÉSOLÉ...

MAIS EN LIEU ET PLACE DU PRINCE...
MA TÊTE GARANTIRA L'INTÉGRITÉ DE NOTRE ROYAUME !
JAMAIS ON NE LEUR LIVRERA TENA !
HÉ HÉ...
ME VOICI VENU DÉMEMBRER LE ROYAUME DE TYR...

J'AI RÉUSSI TANT BIEN QUE MAL À ENTRER DANS LE CHÂTEAU PAR LA CUISINE...
MAIS OÙ DOIS-JE ALLER À PRÉSENT ?
QUE DOIS-JE FAIRE ?
JE NE SAIS RIEN FAIRE...
MAIS JE VEUX ME RENDRE UTILE !
AARON !
ALEX !
RESTEZ EN VIE !
PLOF

MON SOSIE ?!
EN-FIN...
TE VOILÀ...
KOF KOF
ÇA VA ?!
C'EST AA-RON...
QUI T'A MENÉE ICI ?
AARON ?
NON...
JE SUIS VENUE DE MOI-MÊME...
Haa...
JE VOIS...
IL N'A PAS VOULU TE MÊLER...
À TOUT ÇA...

ÉCOUTE ! J'AI UNE FAVEUR À TE DEMANDER..
TU ES LA SEULE À POUVOIR M'AIDER..
MOI ?!
JE VEUX QUE TU PRENNES MA PLACE !

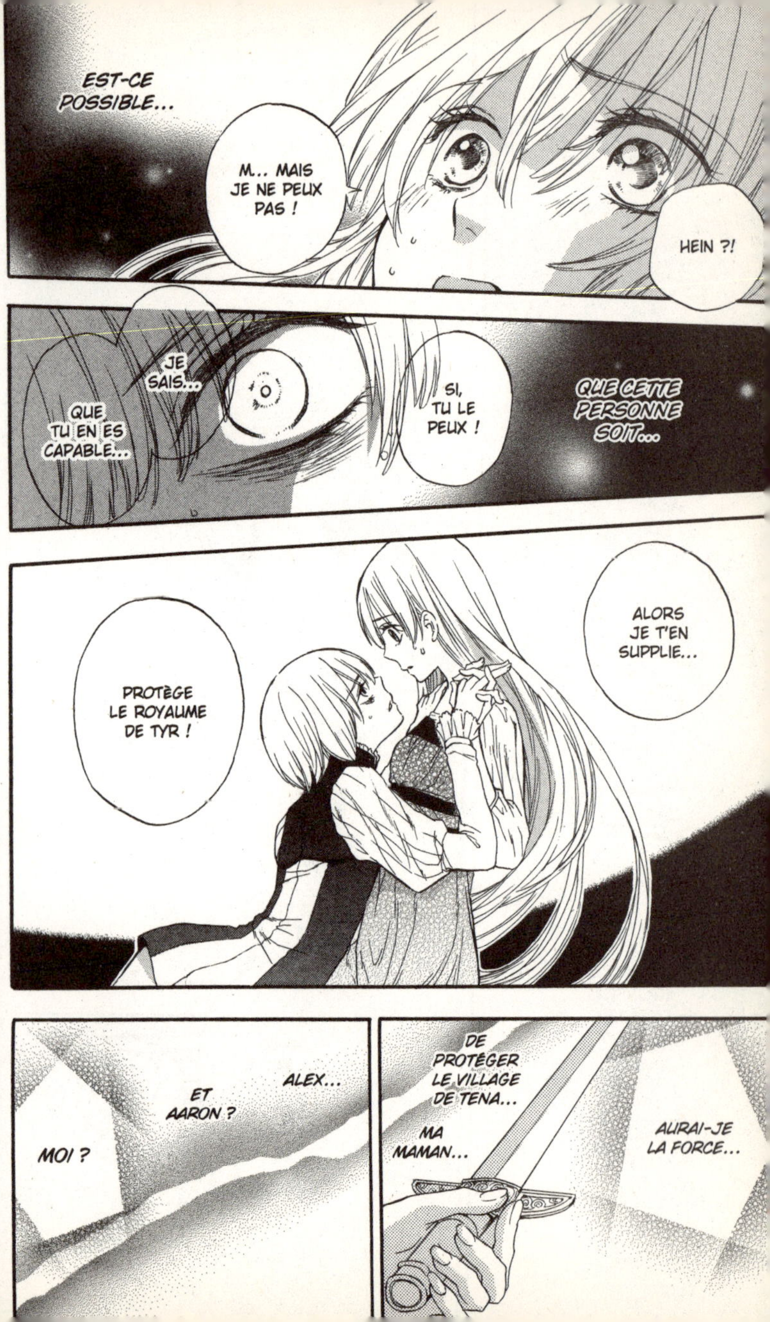
HEIN ?!
M... MAIS JE NE PEUX PAS !
EST-CE POSSIBLE...
QUE CETTE PERSONNE SOIT...
SI, TU LE PEUX !
JE SAIS...
QUE TU EN ES CAPABLE...
ALORS JE T'EN SUPPLIE...
PROTÈGE LE ROYAUME DE TYR !
AURAI-JE LA FORCE...
DE PROTÉGER LE VILLAGE DE TENA...
MA MAMAN...
ALEX...
ET AARON ?
MOI ?

TU LE PEUX !
JE CROIS EN TOI !
PUISQUE C'EST AINSI...

ON SE SERAIT BIEN CONTENTÉ DE LA REDDITION DE TENA...
MAIS PUISQUE VOUS INSISTEZ, ON VEUT BIEN L'ÉCHANGER..
CONTRE LA LIBERTÉ DU CHEVALIER NOIR !
GRRR
LE COLLIER TE VA BIEN !
CLANG
GNIIIH
JE LE PENSE AUSSI.

TU FERAS MOINS LE FIER QUAND JE TE PRÉSENTERAI À NOTRE SOUVERAIN PARMI MES PRISES DE GUERRE !
PRINCE EDWARD...
ALEX...
FREYA...
HALTE-LÀ !

TAP

OÙ AVEZ-VOUS L'INTENTION D'EMMENER MON CHEVALIER ?

FRE...

Hé...
CLANG
TRASH
NOUS ATTENDIONS JUSTEMENT VOS INSTRUCTIONS...
PRINCE EDWARD !
MAIS...
C'EST LUI ?
OUI, JE CROIS...

ワァ
OOOOH !
ÇA ALORS !
IL ÉTAIT DONC LÀ ?!
COMMENT EST-CE POSSIBLE ?!
OUI ! C'EST BIEN LE PRINCE EDWARD !
POF
TIENS ! ATTRAPE CE PARCHEMIN, SIEUR ZABEL, ÉMISSAIRE DE SIGURD !
HEIN ?!
PAR CE DOCUMENT…
JE CONSENS À CÉDER AU ROYAUME DE SIGURD…
LE VILLAGE DE TENA ET LES MINES DE FER AVOISINANTES !

QUOI ?!
QUE DITES-VOUS ?!
VOILÀ QUI EST GÉNÉ-REUX...
TSS !
FINALEMENT, CE PRINCE N'EST QU'UN COUARD !
MAIS...
PRENDS GARDE À TOI, ZABEL !
NE VIENS PAS PLEURNICHER ENSUITE SI TU TE RETROUVES CALOMNIÉ PAR DE MYSTÉRIEUX PAMPHLETS...
QUI LAISSERAIENT ENTENDRE PAR EXEMPLE...
QUE ZABEL NERASOV A TRAHI SON PAYS...
EN CONCLUANT UN ACCORD SECRET AVEC EDWARD, LE PRINCE HÉRITIER DE TYR !

QUOI ?!
EN D'AUTRES TERMES...
PLUS TES PRISES DE GUERRE SERONT IMPRESSIONNANTES...
PLUS TU PARAÎTRAS LOUCHE AUPRÈS DES TIENS !
CELA DIT...
TU N'AS PAS À T'EN INQUIÉTER SI TU AS LA CONFIANCE DE TON ROI !
CE MISÉRABLE SAIT PARFAITEMENT QUE JE N'AI PAS ENCORE GAGNÉ LA CONFIANCE DE NOTRE ROI...
ET IL VEUT EN PROFITER POUR ME DISCRÉDITER AUPRÈS DE LUI !

...
JE NE PEUX PAS LE LAISSER EN VIE !!
BOBOM
ÇA SUFFIT !
PRENDS ÇA !!!

CLANG
CHEVALIER NOIR !

RENGAINE TON ÉPÉE !
NOUS ALLONS LE LAISSER REPARTIR DANS SON PAYS...

GRRR
GH...
GRAAATCH
HOURRA !

VOTRE ALTESSE !
PRINCE EDWARD !
AARON !
MAIS QUI EST-CE ?!
DÉSOLÉE POUR CETTE BRUSQUE IRRUPTION...
MAIS C'EST LE PRINCE LUI-MÊME QUI M'A APPRIS CE QUE JE DEVAIS DIRE ET FAIRE...
ET MAINTENANT, VEUILLEZ VOUS RENDRE À SON CHEVET AU PLUS VITE...
OUI, VOTRE ALTESSE !
TAP

VENEZ, MON PRINCE !
VOUS AVEZ ÉTÉ FORMIDABLE...
AARON...

SI TU NE VEUX PAS ÊTRE DÉMASQUÉE...
CESSE DE PLEURER, FREYA...
DÉSOLÉE DE N'EN AVOIR FAIT QU'À MA TÊTE !
...
C'EST MALIN...

ME VOICI…
ENCORE PLUS AMOUREUX DE TOI, FREYA !

COMME JE SUIS HEUREUX...
D'AVOIR PU PROTÉGER...
MA PETITE PLEURNICHEUSE ADORÉE...
MON PRÉCIEUX TRÉSOR !

CLAC
VLAF
TIING
ALERTE ! UN INTRUS !

SPROTCH
ガラン
CLANG
DU POI-SON ?
FRANGIN !
PRENEZ GARDE, AARON !
TCHAC
PRINCE EDWARD !

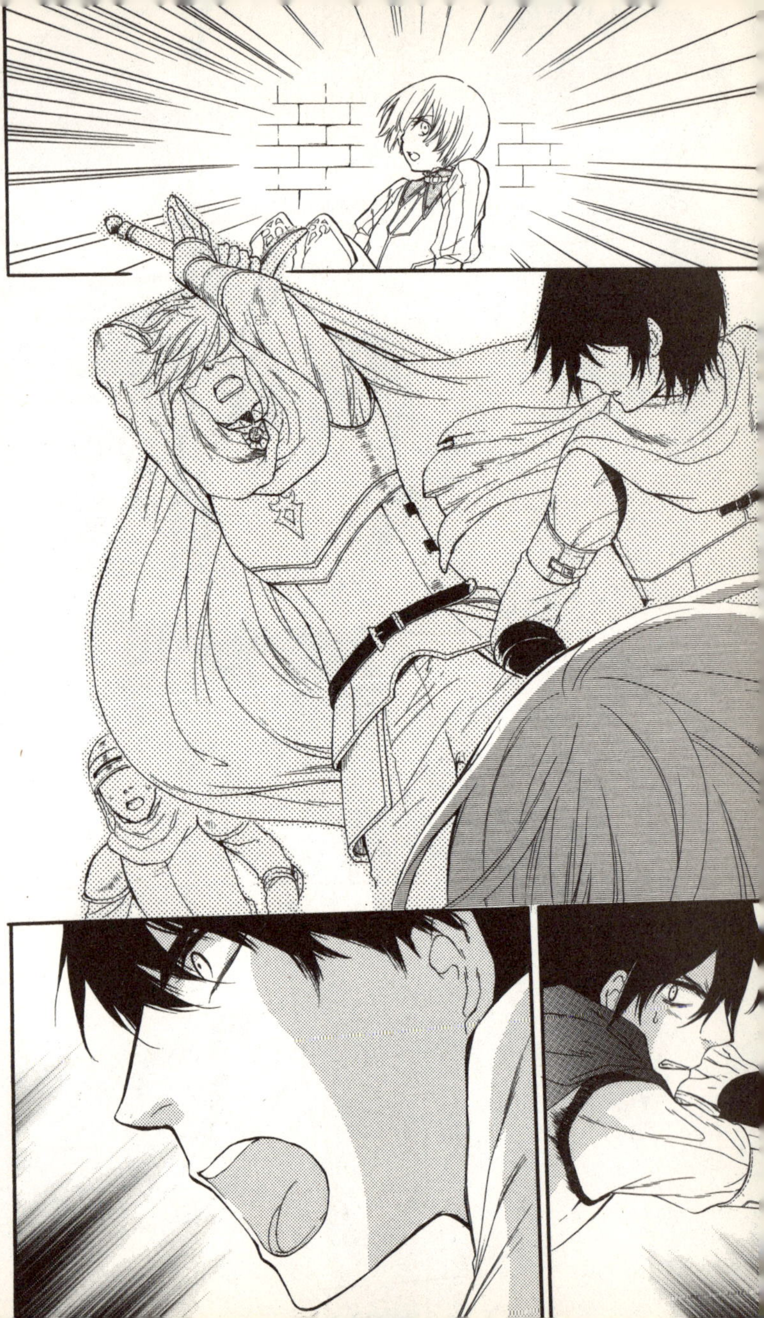

MON DIEU...
NON !
PRINCE EDWARD !!
MÊME SI C'EN EST FINI DE MOI...
FAITES QUE SA VIE SOIT SAUVE !

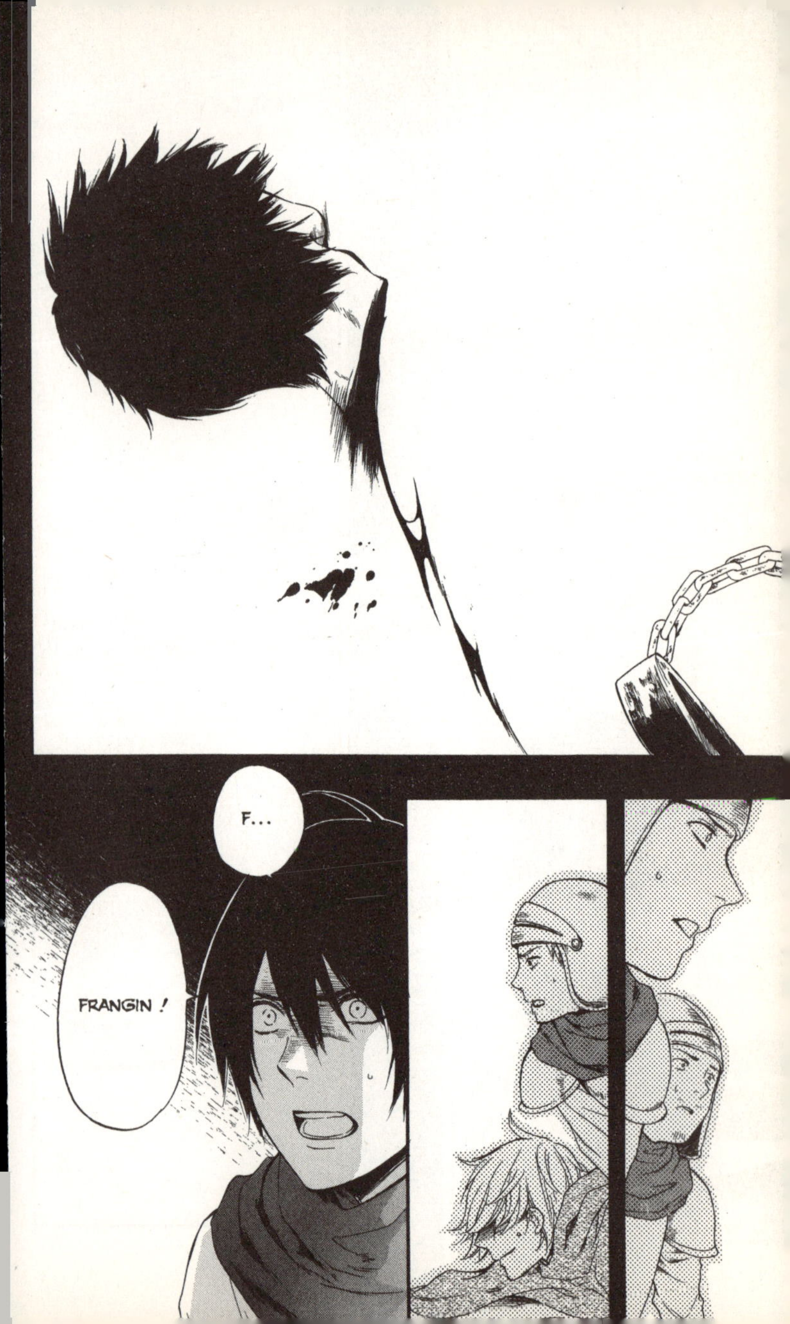
F...
FRANGIN !

QUE L'ÉTOILE DE L'ILLU-SION…
CONTINUE D'ÉCLAIRER CE MONDE !

Chapitre 2
Après le cauchemar

ビョオオ
FIUUUH
BLAM
バターン
FREYA !
SKADI !
HAA
HAA
HAA
HAA
TOUT VA BIEN !
JE VOUS AI EMMENÉ UN MOINE GUÉRISSEUR !
JE VAIS VOUS SOIGNER…
MERCI, AARON !
T'AS PAS EU PEUR…
SNIF
ぐす
SNIF
ぐす
DE CE BLIZZARD ?
わしゃ
POF
MAIS NON !

TON TALISMAN M'A BIEN PROTÉGÉ, FREYA !
MON DIEU…
FAITES QUE LE TALISMAN LE PROTÈGE À NOUVEAU…
FREYA ! EST-CE QUE TU M'ENTENDS ?!
FREYA !
OUF ! TE VOILÀ ENFIN RÉVEILLÉE…
C'EST TOI, ALEX ?

TAP
LA DEMOISELLE A-T-ELLE REPRIS CONSCIENCE ?
JE SUIS VALDOR, CHEF DES ARMÉES DE TYR...
TIENS !
SWIP
AARON A PAYÉ DE SA VIE POUR PROTÉGER LE PRINCE...
IL EST MORT EN HÉROS...
ET A ÉTÉ DÉCORÉ À TITRE POSTHUME...
AARON...

DONC…
CE N'ÉTAIT PAS UN CAUCHEMAR…
ÉCOUTE-MOI BIEN, FREYA…
TU TE TROUVES EN CE MOMENT MÊME…
AU CHÂTEAU DE VORSET…
LE CHÂTEAU ROYAL DE VORSET ?
…
EN EFFET, LE PRINCE EDWARD VIENT DE DÉCÉDER..
!!
IL EST MORT ?!

PAUVRE PRINCE...
CELA SIGNIFIE QUE NOTRE PAYS A PERDU EN MÊME TEMPS SES DEUX PILIERS : SON PRINCE HÉRITIER ET LE CHEVALIER NOIR !
VOILÀ POURQUOI...
JE T'ORDONNE DE RESTER ICI, FREYA...
POUR ÊTRE LA DOUBLURE DE SON ALTESSE...

ET DE PERPÉTUER L'ESPOIR QUE LE PEUPLE AVAIT EN SON PRINCE !
TAP
JE RAMÈNE FREYA AU VILLAGE !
AVEC LE CORPS DE MON FRÈRE !
DANS CE CAS...
JE BRÛLERAI TENA POUR QUE TU NE PUISSES Y RETOURNER !
!

SHLAK
TU VEUX ÊTRE DÉCAPITÉ, TOI AUSSI ?
N...
NOOOON !
JE VOUS EN SUP-PLIE !
NE FAITES PAS ÇA !

PITIÉ...
JE FERAI TOUT CE QUE VOUS VOULEZ, MON GÉNÉRAL !
MAIS DE GRÂCE...
SI VOUS M'ENLEVEZ ALEX...
JE N'AI PLUS PERSONNE !
FREYA...
AARON !
AARON !
AIDE-MOI, AARON !

À L'AIDE !
TAP
QUE VOUS ARRIVE-T-IL, VOTRE ALTESSE ?

PUIS-JE VOUS AIDER À VOUS RELEVER, MON PRINCE ?
OU PLUTÔT...
SON SOSIE QUI TIENT LIEU DE DOUBLURE ?

JULIUS !
À QUOI BON L'EFFRAYER, MON GÉNÉRAL ?
DÈS QU'IL S'AGIT DE PROTÉGER LE PAYS, VOUS DEVENEZ TROP DUR...
ALORS QU'IL FAUT TRAITER LES GENS AVEC DOUCEUR...
ÇA, C'EST TON RÔLE !
JULIUS...
LE SEUL CHEVALIER CAPABLE DE RIVALISER AVEC AARON... CELUI QU'ON SURNOMME...
LE CHEVALIER BLANC DE TYR !

JULIUS A ÉTÉ LE GARDE DU CORPS DU PRINCE PENDANT HUIT ANS…
À PARTIR D'AUJOURD'HUI, C'EST TOI QU'IL PROTÉGERA !
GNIIH
TU PEUX LUI FAIRE ENTIÈRE CONFIANCE.
NOUS SOMMES DÉSORMAIS…
LES SEULS À SAVOIR QUE LE PRINCE EDWARD EST MORT…
PERSONNE EN DEHORS DE NOUS QUATRE NE DOIT L'APPRENDRE !

ET D'ABORD...
GRAB
UN SIMPLE SOLDAT COMME TOI N'A RIEN À FAIRE DANS L'ENTOURAGE DU PRINCE !
PLOF
GRRR
TRÈS BIEN ! JE ME RETIRE...
EN UN INSTANT...

BLAM
TOUT S'EST EFFONDRÉ AUTOUR DE MOI...
CHOMP
CROUNCH
KOF KOF
PRINCE !
PA... PARDON...
NE VOUS EXCUSEZ PAS...

PAR CONTRE, ESSUYEZ VOS LARMES !
LE PRINCE N'ÉTAIT PAS HOMME À PLEURER...
JE... JE SUIS DÉSOLÉE...
JE NE SAIS RIEN DE LUI...
JE VOIS...
ON M'A DIT QUE...
VOUS VOUS ÊTES JUSTE CROISÉS.
EH BIEN...
IMAGINEZ UN INS-TANT...
QUE SOUS VOTRE ADORABLE APPARENCE, SOMMEILLE UN PRINCE INTRÉ-PIDE !

ET LE VAINQUEUR EST…
SON ALTESSE LE PRINCE EDWARD !
CLAANG
CE GARÇON TOUT MIGNON… C'EST LE PRINCE EDWARD ?!
OUAIS… MAIS ON DIRAIT PLUTÔT UNE PRINCESSE !
Oh !
PRINCE ! EST-CE RAISONNABLE DE PARTICIPER À CE TOURNOI RÉSERVÉ…
Ah !
AUX SOLDATS DU RANG ?
ÇA M'AMUSE, JULIUS !
POF

VOUS AIMEZ VOUS FAIRE REMARQUER ?
J'AIME SURTOUT GALVANISER MES HOMMES !
AHEM
HOURRA !
LES SOLDATS SONT AUX ANGES...
EN ME VOYANT VAINCRE UN GRAND COSTAUD !
D'AIL- LEURS...
TOI AUSSI, JULIUS...
TU ME REGARDAIS AVEC LES YEUX DE CHIMÈNE, PAS VRAI ?
IL ARRIVAIT MÊME À TRANSFORMER SA FRÊLE SILHOUETTE EN ATOUT...

C'ÉTAIT QUELQU'UN DE LIBRE, FIER ET DISTINGUÉ.
VOILÀ POURQUOI TANT DE GENS...
ÉTAIENT ATTIRÉS PAR LUI ET VOULAIENT SE BATTRE POUR LUI !
JE NE ME SENS PAS CAPABLE...
DE REMPLACER UN TEL PERSONNAGE...
GH...
MAIS JE DOIS LE FAIRE...
POUR ALEX, POUR LES AUTRES...
SNIF
KOF
GRAB
AARON...

POF
MON PRINCE...
EXPLIQUEZ-MOI COMMENT CES DEUX FRÈRES PRENAIENT SOIN DE VOUS !
PARDON POUR MON INSOLENCE...
MAIS JE LES VAUX LARGEMENT !
JE PENSE MÊME QUE JE SAURAI VOUS RÉCONFORTER...
MIEUX QU'AARON...
CROYEZ-MOI...
POF

FROT なで
FROT なで
QUAND JE N'AVAIS PAS LE MORAL...
IL ME CARESSAIT LA TÊTE EN ME TENANT LA MAIN...
VEUILLEZ M'EXCUSER, JULIUS...
MAIS JE NE PEUX PAS M'EMPÊCHER DE PLEURER...
POURQUOI ÊTES-VOUS...
SI ATTENTIONNÉ À MON ÉGARD ?

PARCE QUE MOI, JULIUS FREIWALZ...
JE SUIS VOTRE CHEVALIER BLANC !
N'OUBLIEZ JAMAIS, PRINCE, QUE JE SUIS LÀ...
POUR EXAUCER TOUS VOS VŒUX !

J'ai mis du temps à me décider pour la coiffure d'Alexis.

C'est un garçon effacé qui a longtemps vécu dans l'ombre de son illustre grand frère.

J'aimerais tellement qu'il gagne en assurance.

Il est censé être un taiseux.

Mais comme je suis une mangaka qui aime faire dialoguer ses personnages, il parle un peu quand même.

ALEX...
PAR-DON...
PARDON, GRAND FRÈRE !
J'AURAIS DÛ MOURIR...
À TA PLACE !
JE N'AI JAMAIS RÉUSSI À TE SURPASSER EN QUOI QUE CE SOIT...
ET VOILÀ QUE JE TE SURVIS...
ALORS QUE JE NE SUIS QU'UN BON À RIEN...

E

J'adore dessiner le prince Edward.

En effet, j'ai un faible pour les personnages charismatiques.

J'aurais bien aimé le dessiner encore un peu, mais que voulez-vous ?

Le scénario ne me le permet pas...

HA HA HA HA HA HA
Tu y as cru ?
SKADI T'A RACONTÉ N'IMPORTE QUOI !
!
TU ES TROP CRÉDULE, ALEX !
GH...
Mais je t'aime bien comme ça !
DIS, FRÉROT...
TU SAIS QUOI ?
JE VAIS TE DIRE CE QUI FAIT DE TOI UN GARS EXCEPTION-NEL...
EH BIEN IL S'AGIT DE...

ÇA VA, ALEX ?
EST-CE QUE TU...
NOOOON !
NE FAIS PAS ÇA !!
ON COMPREND TA DOULEUR !
MAIS...
HEIN ?
COMMENT ÇA, "HEIN" ?!
TU NOUS AS FAIT PEUR !
DÉSOLÉ, DÉSOLÉ...
JE VAIS BIEN...
TANT MIEUX !
C'EST QUE TU AVAIS L'AIR PENSIF...
DITES...
J'AI UNE QUESTION...

COMMENT FAIT-ON POUR DEVENIR GARDE DU CORPS DU PRINCE ?
POUR L'HEURE...
JE DOIS TROUVER À TOUT PRIX...
LE CHEMIN QUI MÈNE À FREYA...
JULIUS !
VOICI LA LISTE DES CANDIDATS POUR DEMAIN !
MERCI...
ILS SERONT NOMBREUX À PARTICIPER AU TOURNOI ET À VISER...
FLAP
パーっ...

LE POSTE LAISSÉ VACANT PAR AARON...
MAIS ÇA VA ÊTRE DUR DE PRENDRE SA SUITE...
J'EN VOIS UN QUI A TRICHÉ LORS DES DEUX DERNIERS TOURNOIS...
JE SERAIS DÉGOÛTÉ DE LE VOIR AUX CÔTÉS DU PRINCE !
SI CE FILOU EST CHOISI, JE VAIS LE BIZUTER !
HÉ HÉ...
T'ES IMPITOYABLE, HEIN !
TAIS-TOI, GRAND DADAIS !
C'EST VRAI QUE NOTRE ROYAUME MANQUE DE GENS CAPABLES DE...
TIENS ?
QUOI DONC, JULIUS ?
T'AS TROUVÉ LA PERLE RARE ?
EH BIEN...

IL Y EN A UN QUI POURRAIT PEUT-ÊTRE FAIRE L'AFFAIRE...
SI SEULEMENT IL VOULAIT SE SECOUER UN PEU !
QUE SE PASSE-T-IL ?
OH, SIEUR JULIUS ! ♡
LE PRINCE A ENCORE VOMI SON REPAS...
EN PLUS, IL REFUSE DE SE CHANGER...
IL EST TROP BIZARRE...
TAP
TAP
TAP

IL EST BIENTÔT L'HEURE DE VOUS RÉVEILLER, VOTRE ALTESSE...
SNIF
...
KOF
KOF
DIS DONC ! TU PLEURNICHES POUR QU'ON AIT PITIÉ DE TOI ?
GRAB
ÇA SUFFIT MAINTENANT !
PENDANT QUE TU FAIS LE BÉBÉ...
IL Y A DES GENS QUI MEURENT !

ET TOI, TU RISQUES DE PERDRE À NOUVEAU UN ÊTRE CHER !
CLAAANG
ALEX !

M… MAIS QU'EST-CE QU'IL FAIT ?
IL PARTICIPE AU CONCOURS POUR DEVENIR TON GARDE DU CORPS…
IL TENTE LE TOUT POUR LE TOUT POUR ÊTRE À TES CÔTÉS…
FRANCHEMENT, IL M'ÉPATE ! QU'EST-CE QUI LUI ARRIVE ?
MAIS C'EST SON SIXIÈME DUEL…
ALEX !!
IL VA CRAQUER…

!
SLASH
BLA
BLA
BLA
L'AUTRE A VISÉ SES YEUX !
IL A MÊME UNE ARME CACHÉE !
Il est nul, l'arbitre !
SON ADVERSAIRE N'EST PAS FAIR-PLAY !
ÇA CRAINT !
ALEX VA SE FAIRE TUER !
S'IL TE PLAÎT, JULIUS !
METS FIN À CE DUEL !
SINON ALEX VA MOURIR !
C'EST À TOI DE LE FAIRE...
APRÈS TOUT, TU ES LE PRINCE !

BAM
STOP...
STOP !
STOP...
POURQUOI MES LARMES CONTINUENT-ELLES DE COULER ?!
DIS-MOI, JULIUS...
COMMENT FAIS-TU POUR RESTER AUSSI IMPASSIBLE ?
TOI AUSSI, TU DOIS ÊTRE TRÈS AFFECTÉ...
PAR LA DISPARITION DE NOTRE CHER PRINCE...

SI JE LE POUVAIS, JE L'AURAIS SUIVI DANS LA MORT !
JE M'EN VOUDRAI TOUJOURS DE N'AVOIR PAS ÉTÉ À SES CÔTÉS CE JOUR-LÀ...
QUITTE À DÉSOBÉIR AU ROI.
MAIS SI J'ABANDONNE NOTRE PAYS À SON TRAGIQUE SORT...
POUR REJOINDRE LE PRINCE DANS L'AU-DELÀ...
JE SUIS SÛR QUE ÇA NE LUI FERAIT PAS PLAISIR...

ALORS J'AI DÉCIDÉ DE VIVRE ET D'EXAUCER LES VŒUX DE NOTRE DÉFUNT PRINCE !
PLEURER NE SERT À RIEN...
CE NE SONT PAS LES LARMES QUI VONT ARRÊTER LE DESTIN EN MARCHE...
ALORS...

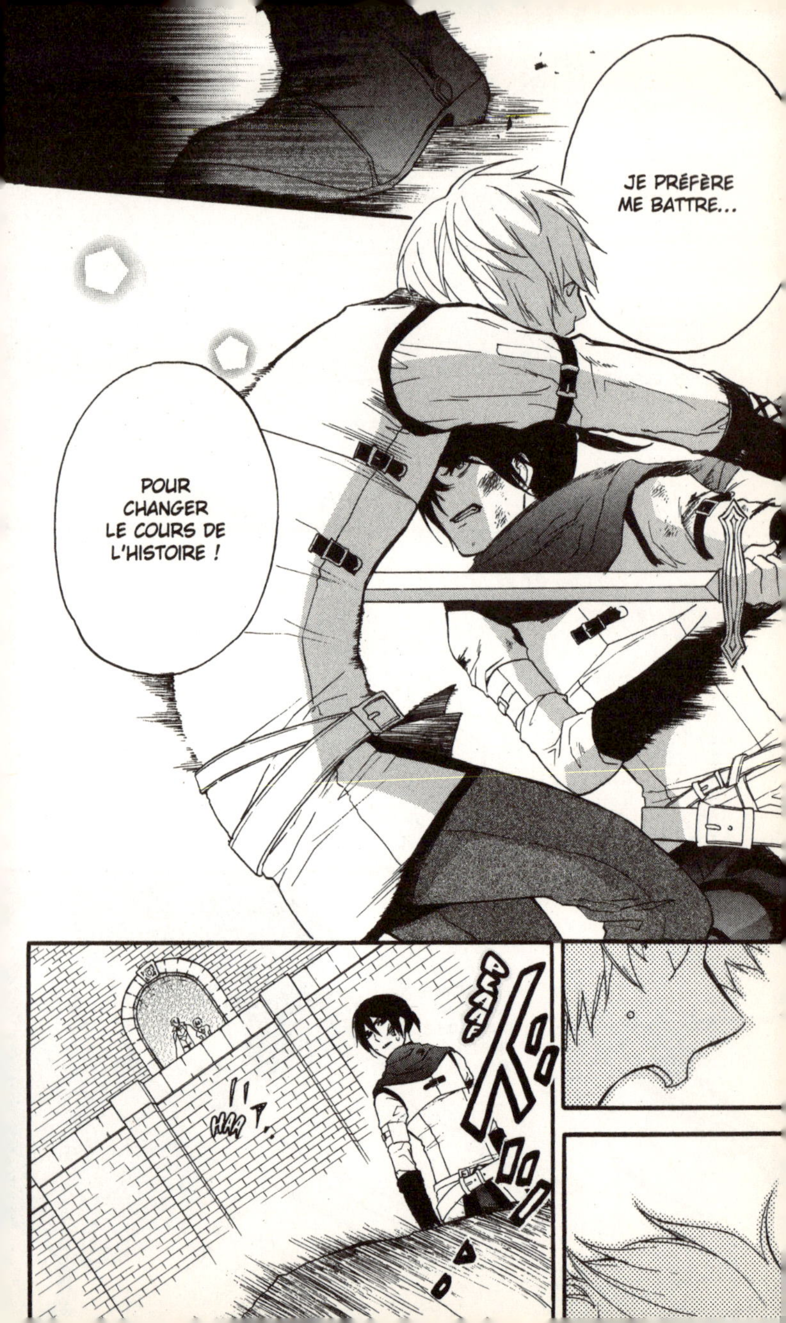
JE PRÉFÈRE ME BATTRE...
POUR CHANGER LE COURS DE L'HISTOIRE !
HAA

C'EST SÛREMENT POUR CETTE MÊME RAISON QU'ALEXIS A DÉCIDÉ DE RELEVER LE GANT !

FLAP
STOP !
JE DÉCLARE LES DEUX PARTIES ÉLIMINÉES !
HEIN ?
MAIS POURQUOI ?!
ALEX A GAGNÉ !
BLA BLA
L'ARBITRE EST UN VENDU !
IL A RAISON, L'ARBITRE !
UN GARDE DU CORPS ISSU DU PEUPLE...
ON N'EN VEUT PLUS !
Hein ?
VOS GUEULES, LES ARISTOS !
FERMEZ-LA, LES MANANTS !
AAH わあ
AAH わーあ

LAISSEZ-MOI ME BATTRE UNE DERNIÈRE FOIS !
QUOI ?!
ALEX !
QU'IMPORTE L'ADVERSAIRE !
JE SUIS PRÊT À ENCAISSER TOUS LES COUPS, Y COMPRIS LES PLUS TORDUS...
MAIS JE VEUX ME BATTRE...
ENCORE ET ENCORE...

JUSQU'À LA VICTOIRE FINALE !
ET DIRE QU'IL A ÉTÉ AFFECTÉ AU MOINS AUTANT QUE MOI...
PAR LA DISPARITION D'AARON...
ALEX...

PARDON, AARON…
TU SERAIS AFFLIGÉ DE VOIR…
LA FILLE PITOYABLE QU'EST DEVENUE…
CELLE À QUI TU AVAIS DÉCLARÉ TON AMOUR…

TU N'AURAIS CERTAINEMENT PAS AIMÉ ME VOIR PLEURNICHER...
PENDANT QU'ALEX SE BAT TOUT SEUL...
N'EST-CE PAS ?
CRRR
CRR
CRRR

MÊME S'IL M'EST IMPOSSIBLE DE MODIFIER LE PASSÉ...
OU DE PESER SUR LE DESTIN EN MARCHE...
IL ME RESTE ENCORE...

LA FORCE DE RETENIR MES LARMES !
SILENCE !! J'AI À VOUS PARLER !

TÂCHONS D'ÊTRE...
LIBRE, FIER ET DISTINGUÉ...
MES CHERS SOL-DATS !
QUELLE EST LA QUALITÉ ESSENTIELLE D'UN GARDE DU CORPS ?
COMME LE PRINCE...
EH BIEN...
C'EST SA CAPACITÉ À ME DISTRAIRE !
CERTES L'ARBITRE EST LE GARANT DES RÈGLES...
MAIS CE SERAIT INJUSTE...
DE NE PAS RÉCOM-PENSER CE GARÇON...
QUI NOUS A TENUS EN HALEINE JUSQU'AU BOUT !

ALORS JE PROPOSE...
QUE JULIUS, LE CHEVALIER BLANC, LE GUIDE DANS LA VOIE DE LA CHEVALERIE !

BLA ザワ
IL VA DONC DEVENIR UN ASPIRANT CHEVALIER ?
POURQUOI PAS ?
VOILÀ UNE DÉCISION ÉQUITABLE !
PRINCE ! PERMETTEZ-MOI DE DÉCLINER...
JULIUS !
AURAIS-TU DÉJÀ OUBLIÉ CE QUE TU M'AS DIT...
TOUT À L'HEURE ?!
TOI, JULIUS FREIWALZ...
TU ES LÀ POUR EXAUCER TOUS MES VŒUX !

COMME IL VOUS PLAIRA...
VOTRE ALTESSE !

HOURRA !
IL A RÉUSSI À SATISFAIRE LES DEUX CAMPS !
C'EST TOUT LUI !
HOURRA !
VOILÀ UN JUGEMENT PRINCIER !
ALEX !
TAP
FREYA !
T'ES PAS BLESSÉ ?
MOI, ÇA VA...
MAIS TOI ? TU T'Y FAIS ?
PAS TROP...
MAIS JE VAIS ESSAYER DE REMPLIR MA MISSION...

JE SAIS QUE J'AI ÉTÉ ÉGOÏSTE…
EN TE NOMMANT À UN POSTE RISQUÉ…
MAIS…
S'IL TE PLAÎT, ALEX…
RESTE AUPRÈS DE MOI !
TU SAIS, FREYA…
MON FRÈRE M'A DIT UN JOUR…
OUI ?
QUE CE QUI ME RENDAIT EXCEPTIONNEL…
C'ÉTAIT MA PUGNACITÉ !

ALORS...
JE TE PROMETS D'ÊTRE TOUJOURS À TES CÔTÉS...
AU PARADIS COMME EN ENFER...

JUSQU'À TON DERNIER SOUFFLE…
MAIS CESSE DONC DE PLEURER !
T'ES VRAIMENT ÉPATANT, ALEX !
Mince, je pleure !
HEIN ?
MOI, JE SUIS PLUTÔT DÉPITÉ PAR TA DÉCISION…

DÉSOLÉE, JULIUS…
TAP
JULIUS !
TSS
MAIS…
JE VEUX BIEN TE FORMER, ALEXIS, À CONDITION QUE TU M'APPELLES "GRAND FRÈRE" !
ADORE LE BIZUTAGE
JE VEUX PAS !
ALORS T'ES VIRÉ !
Je reste !
Quel roquet !
JE N'AI PAS D'AUTRE CHOIX QUE D'ALLER DE L'AVANT…
ALORS DE LÀ OÙ TU ES…
VEILLE SUR MOI, AARON !

CLANG
HAA...
PAS TROP TÔT !
TAP
ME VOICI ENFIN, SIEUR ZABEL...
ÊTES-VOUS PRÊT ?
ALLONS-Y !

Chapitre 3
Les premiers pas d'un prince

PLIC
ピチョン
PLOC
ピチョン
EN UN MOT...
LE ROYAUME DE SIGURD RÉCLAME LA LIBÉRATION IMMÉDIATE DE ZABEL...
PRINCE EDWARD...
Marouk Khan
Chancelier de Tyr
...

J

Julius est le beau gosse par excellence !

On m'a dit aussi que son prénom figurait régulièrement en haut du classement des prénoms les plus classieux...

Mais ce n'est pas moi qui l'ai baptisé, car je suis très nulle pour trouver des noms à mes personnages...

GH...
LE PRINCE...
PENSE QUE LE DÉTENU DOIT ÊTRE JUGÉ SELON LES LOIS DE NOTRE PAYS.
ACCEPTER LES EXIGENCES DE SIGURD...
REVIENDRAIT À AVOUER NOS FAIBLESSES...
À LA FACE DU MONDE !
HMM...
POF
POF
MAIS PLUS ON LUI RÉSISTE, PLUS LE ROYAUME DE SIGURD FERA PRESSION SUR NOUS...
ET CE SERAIT SUICIDAIRE...

!
QUOI ?!
RIEN NE VAUT LA PAIX !
MAIS...
BLA ヒソ…
C'EST VRAI...
MAIS...
LAISSONS LE PRINCE RÉGLER CETTE AFFAIRE À SA GUISE !
HEIN ?
POURQUOI TENEZ-VOUS TANT À FAIRE LA GUERRE, PRINCE EDWARD ?
Rash Eikshurnir
Ministre du gouvernement de Tyr

JE NE DOUTE PAS DES QUALITÉS EXCEPTION-NELLES DE SON ALTESSE...
POUR...
TROUVER UNE SOLUTION SATISFAI-SANTE...
AH, JE VOIS...
BONNE IDÉE ! N'ÊTES-VOUS PAS D'ACCORD ?
SI, SI !
HA HA HA HA
VOUS AVEZ RAISON, EXCELLENCE !
HA HA HA
...

Mikal et Ingvey sont aussi des gardes du corps au service du prince Edward.

Ils sont inséparables.

Peut-être qu'il en est ainsi depuis leur toute première rencontre.

J'aimerais les dessiner d'une façon un peu plus classieuse...

Je vais faire un effort !

JE VOIS QUE NOTRE PRINCE NE S'Y CONNAÎT...
NI EN BONNES MANIÈRES, NI EN POLITIQUE...
BREF JE TE METS DEUX SUR VINGT !
OH NON...
J'AI POURTANT FAIT DES EFFORTS...
TOUT LE MONDE PEUT FAIRE DES EFFORTS, MÊME LES SINGES !
GNIIIH
TU M'AS DONNÉ DES SUEURS FROIDES !
DÉSOLÉ, JULIUS !
AUCUN MINISTRE NE M'A DÉFENDU...
ILS ONT TOUS PRIS LE PARTI DU CHANCELIER...

BIEN VU, MON PRINCE…
À L'HEURE ACTUELLE, LES SEULS QUI TE SOUTIENNENT SONT…
LE GÉNÉRAL VALDOR ET TES GARDES DU CORPS !
MAIS LE VRAI HOMME FORT DU PAYS EST…
LE CHANCELIER MAROUK KHAN…
QU'ON SOUPÇONNE D'AVOIR PARTIE LIÉE AVEC LE ROYAUME DE SIGURD !
!!

TANT QUE LE CHANCELIER DÉTIENT LE VRAI POUVOIR...
NOTRE ROYAUME RISQUE DE SE FAIRE DÉVORER DE L'INTÉRIEUR PAR L'ENNEMI !
C'EST DONC POUR RÉSISTER À LA TOUTE-PUISSANCE...
DU CHANCELIER KHAN...
QUE LE PRINCE ESSAYAIT DE LE CONTRE-BALANCER.
ON PEUT DIRE QU'IL S'EST TUÉ À LA TÂCHE POUR SAUVER SON PAYS...

PROTÈGE LE ROYAUME DE TYR !
TELLE ÉTAIT LA VOLONTÉ DU PRINCE…
ET CERTAINEMENT CELLE D'AARON AUSSI.
MAIS POUR L'EXAUCER, IL FAUDRAIT…
QUE JE REMPLISSE CE RÔLE À BRAS-LE-CORPS…
AU LIEU DE QUOI…
FACE À MES DÉTRACTEURS…
BLA
JE RESTE TÉTANISÉE…
GRAB

IL FAUT QUE JE ME RESSAI-SISSE !
CRRR
AU FAIT, JULIUS…
SAIS-TU OÙ EST ALEX ?
…
POURQUOI DONC ?
HEIN ? EH BIEN…
Qu'est-ce qu'il a ?
COMME JE NE L'AI PAS VU CES DERNIERS JOURS…
JE VOULAIS PARLER AVEC LUI ET…
TAP
MON PRINCE !

COMMENT PEUX-TU PRÉFÉRER UN AUTRE QUE MOI ?
NE SUIS-JE PAS TON HOMME DE CONFIANCE ?
DOUTES-TU ENCORE DE MA LOYAUTÉ ?
HEIN ?
M... MAIS PAS DU TOUT, JULIUS !
EUH...
TAP
Oh là là ! Comment il me dévisage !

BLAM
ME VOICI DE RETOUR..
JULIUS !
TU NE POURRAIS PAS ENTRER PAR LA PORTE ?
MAIS QUE FAIS-TU LÀ-HAUT, ABRUTI ?!
ALEX !

ON VA TE PRENDRE...
POUR UN MALANDRIN !
OH...
OH !
PRINCE EDWARD !
COMMENT ÇA VA ?! TU N'ES PLUS MALADE ?!
VOICI MES GARDES DU CORPS...
MIKAL...
ET...
INGVEY !

POURQUOI TU DIS ÇA, EDWARD ?
COMME SI TU N'ÉTAIS PLUS TROP SÛR DE NOS NOMS...
TAIS-TOI, MIKAL !
C... C'EST QUE JE ME REMETS DOUCEMENT DE MON MALAISE...
EN TOUT CAS, DÉSOLÉ DE VOUS AVOIR CAUSÉ DU SOUCI !
TU L'AS DIT !
JULIUS ÉTAIT LE SEUL AUTORISÉ À ENTRER DANS TA CHAMBRE...
ALORS QUE NOUS AUSSI, ON FAIT PARTIE DE TA GARDE RAPPROCHÉE !
PARDON, MIKAL...
PRINCE EDWARD...
MIKAL ET MOI, ON REGRETTE DE N'AVOIR PAS ÉTÉ À TES CÔTÉS...
LORS DE L'INCIDENT DU CHÂTEAU DE ROCCA !
ON AURAIT PU EMPÊCHER LA MORT D'AARON...
...

TANT PIS, VOUS ÉTIEZ AILLEURS SUR ORDRE DU ROI...
MAIS AU FAIT, VOUS M'AVEZ L'AIR EXTÉNUÉS...
QUE VOUS ARRIVE-T-IL ?
ON REVIENT D'UNE CHASSE AUX BRIGANDS !
JULIUS NOUS A ORDONNÉ D'EN CAPTURER CENT !
VRT
QUOI ?!
TOUT À FAIT ! INGVEY ET MOI, ON A ÉTÉ OBLIGÉS DE PARTICIPER AU BIZUTAGE DU PETIT NOUVEAU !
c'est pas aux gardes du corps de chasser la racaille !
DIS !
JE NE LE BIZUTE PAS, JE LE FORME !
...
GNIIIIH
HIII
IL EST EFFICACE AU MOINS ?
Qui ? Alex ?
TELLEMENT EFFICACE QU'IL A MÊME REMPLI LE QUOTA DÉVOLU À MIKAL...
FERME-LA, INGVEY !!
DÉSOLÉ, MIKAL, DE T'AVOIR HUMILIÉ...
TAIS-TOI, ALEX !

BAAM
JE T'AI OBÉI ET J'AI CAPTURÉ 100 BRIGANDS, JULIUS...
ALORS ACCEPTE-MOI EN TANT QU'ASPIRANT CHEVALIER !
GNIH
OK !
MAIS TU DEVRAS LAVER MON LINGE ET M'AIDER À PRENDRE LE BAIN.
ET LE SOIR VENU, TU...
JE REFUSE !
Ouh là...

Merci de lire ce volume jusqu'au bout !

Je redoublerai d'efforts pour vous tenir en haleine au volume suivant.

Mais pour l'heure, je voudrais remercier toutes les personnes qui m'ont aidée à réaliser ce manga.

Mes assistants
Ryo Sakimiya
Miyuki Tsutsui
Yotaro Noma
Pochiko
Misaya Morifuji

Mon responsable éditorial

Tous ceux qui ont contribué à la fabrication de ce volume

Ma famille

Et vous tous, mes chers lecteurs !

Merci infiniment

石原ケイコ
(Keiko Ishihara)

DIS !
ON NE VA PAS CÉDER À SIGURD, PAS VRAI ?
ON VEUT VENGER LA MORT D'AARON !
BOBOM
CETTE ÉPÉE...
BOBOM
JE N'ATTENDS PLUS...
BOBOM
N'EST QU'UN INSTRUMENT DE MORT !
QU'UN ORDRE DE TA PART...
POUR ME BATTRE AU PÉRIL DE MA VIE S'IL LE FAUT !
POURQUOI TENEZ-VOUS TANT À FAIRE LA GUERRE...
PRINCE EDWARD ?

NOOOON !
CE N'EST PAS CE QUE JE VEUX !!
ED-WARD ?!
TAP
MON PRINCE !
PARDON...
PARDON, MAIS...
Haa...

JE VEUX ÉVITER UN BAIN DE SANG…
…
EDWARD…
TU ES BIZARRE…
QU'AS-TU DONC ?
C'EST TOI QUI M'AS DIT UN JOUR…
MIKAL !
POUR PROTÉGER TYR…
ON N'A PAS BESOIN…
DE FILS DE BONNE FAMILLE…
MAIS DE GENS COURAGEUX PRÊTS À VERSER LEUR SANG POUR LA PATRIE…

COMME TOI !
C'EST D'AILLEURS POUR ÇA...
QUE TU NOUS AS PRIS SOUS TON AILE, AARON, ALEXIS ET MOI, NON ?!
...
TU NE DIS RIEN ?
JE VOIS...
MAIS...
MIKAL !
SACHE QUE JE N'AI PAS ENVIE D'OBÉIR À UN PRINCE FROUSSARD !
DÉSOLÉ, PRINCE...
TAP
TAP
MIKAL !

QUEL FORT EN GUEULE !
C'EST JUSTEMENT POUR ÇA...
QUE LE PRINCE L'AIMAIT...
ET...
CETTE AFFECTION ÉTAIT RÉCIPROQUE.
VAS-TU LE BLÂMER, EDWARD ?
VRT フル
VRT フル
NON, CE N'EST PAS DE SA FAUTE...
C'EST MOI QUI SUIS INCAPABLE D'ÊTRE DIGNE DU PRINCE...
JE SUIS TROP NULLE...
JE N'Y ARRIVE PAS...
MON DIEU...
QUE DOIS-JE FAIRE ?
GRAB

LAISSE-NOUS SEULS DIX MINUTES...
S'IL TE PLAÎT, JULIUS !
NON !
RESTE À TA PLACE, ASPIRANT !
JE TE COMPRENDS...
MAIS JE CONNAIS FREYA MIEUX QUE QUICONQUE.

ALORS CINQ MINUTES !
ET PRENEZ GARDE AUX REGARDS INDISCRETS !
QUE DOIS-JE FAIRE, ALEX ?

J'AI BEAU APPRENDRE LES BELLES MANIÈRES...
ET ÉTUDIER LES SCIENCES...
JE N'ARRIVE PAS À DEVE-NIR UN VRAI PRINCE !
ET À CAUSE DE MES BOURDES, LES PARTISANS DU PRINCE ME TOURNENT LE DOS L'UN APRÈS L'AUTRE...
JE SUIS AU COMBLE DU DÉSESPOIR...
FRSH

ポイ
POF
QUOI ?!
D'où tu sors ça ?
ポイ
POF
AH !
OUH LÀ !
DIS...
ALEX...
CE SONT LES FLEURS DE NOTRE VILLAGE, PAS VRAI ?
J'AI LAISSÉ UNE LETTRE À SKADI...
AH BON ?
JE LUI AI ÉCRIT QUE TU ALLAIS BIEN...
PAR CONTRE, POUR MON FRÈRE... JE N'AI PAS RÉUSSI À LE LUI DIRE...

TOUT LE MONDE VA BIEN, LÀ-BAS.
ALEX...
MOI...
JE N'AI PAS BIEN CONNU LE PRINCE...
MAIS JE PEUX TE DIRE QUE CE JOUR-LÀ, TU L'AS PARFAITEMENT INCARNÉ, FREYA...
IL LE FALLAIT BIEN...

MÊME SI LE PRINCE EDWARD PERD TOUS SES SOUTIENS...
JE SERAI TOUJOURS LÀ POUR TOI !

ALORS, AIE CONFIANCE EN TOI...
CETTE MAIN AUTREFOIS SI PETITE...
ME COUVRE À PRÉSENT...
DE SON ASSURANCE PLEINE D'AFFECTION...
OUI...

MOI AUSSI, ALEX...
QUOI QU'IL ARRIVE, JE SERAI TOUJOURS LÀ POUR TOI !
MERCI DU FOND DU CŒUR, ALEX...
JE FERAI TOUT...
POUR TE RENDRE CE QUE TU AS FAIT POUR MOI...
OUAH !
MES FLEURS !
OH NON...
JE VAIS LES RATTRAPER !

TU ES PROBABLEMENT...
CELUI QUI ME CONNAÎT LE MIEUX...
JULIUS !

MERCI, JULIUS...

À PARTIR DE MAINTENANT, OUBLIE QUE TU ES SON AMI D'ENFANCE !
ET TÂCHE DE RESTER À TA PLACE !

JAMAIS JE N'AI EU...
LA MOINDRE INTENTION DE TE FAIRE OMBRAGE, CROIS-MOI...
FLAP
PRINCE EDWARD...

QUE DOIS-JE FAIRE POUR ENTRER DANS TA PEAU ?
IL Y A DES GENS...
QUE JE VOUDRAIS PROTÉ-GER...

AVEC LA MÊME DÉTERMINATION QUE TU AS EUE POUR PROTÉGER NOTRE PAYS…

DE TOUTE FAÇON, IL N'Y A QUE JULIUS QUI COMPTE POUR LE PRINCE !
TU AS TROP BU, MIKAL...
TAIS-TOI, TAIS-TOI !
RAAH !
HIC !
MOI AUSSI, JE ME FAIS...
DU SOUCI POUR LE PRINCE...
MAIS OUI, JE LE SAIS BIEN...
ALLEZ ! ON RETOURNE BOIRE !
PAF PAF
GWIP
OH ! T'AS VU ?
CHUT !

CE SONT LES HOMMES DU CHANCELIER...
ILS SONT EN TRAIN DE SORTIR QUELQUE CHOSE DU CACHOT !
INGVEY ! VA VITE INFORMER JULIUS !
FAIS-LE, TOI ! TU ES TROP IVRE POUR...
NON ! LA FILATURE, C'EST MOI !
TIENS ?

OH, MAIS CES CHEVEUX ROUX...
QUE SE PASSE-T-IL EN VILLE ?
C'EST MIKAL !
JULIUS !
ALEX !!

VENEZ VOIR !
MIKAL EST EN TRAIN DE SE FAIRE ENLEVER !
ON L'A AGRESSÉ...
EN PLEINE RUE !
QU'AURAIT FAIT LE PRINCE...
À MA PLACE ?!
NON !
JE N'AI PAS LE TEMPS DE RÉFLÉ-CHIR !
TAP
HEIN ?
ELLE DOIT AVOIR RAISON !
ELLE A DE BONS YEUX !

PRINCE !!

ON Y VA !
C'EST EUX !
FLAAAP
ALLEZ ! HUE !
PAAAF
MIKAL !

Dans le prochain volume

La détermination du prince, la résolution de Freya...

Freya

L'ombre du prince

À suivre dans le volume 2

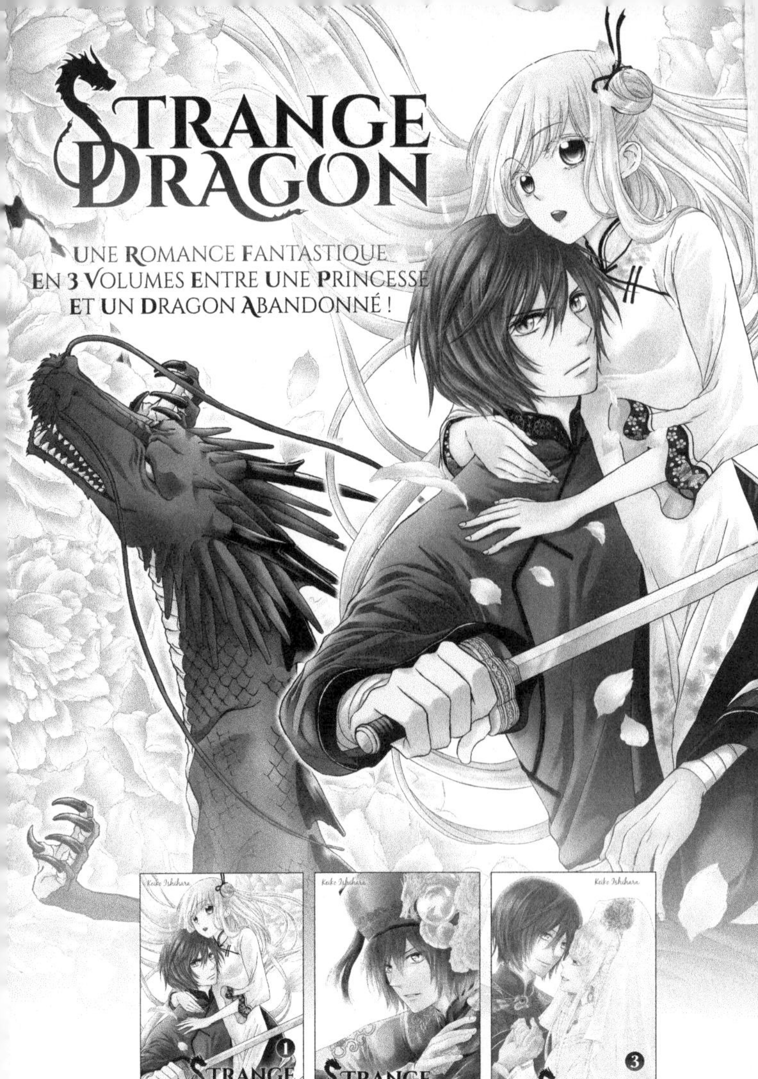
STRANGE DRAGON
UNE ROMANCE FANTASTIQUE
EN 3 VOLUMES ENTRE UNE PRINCESSE
ET UN DRAGON ABANDONNÉ !
Keiko Ishihara
1
STRANGE DRAGON
DOKI DOKI
Keiko Ishihara
STRANGE DRAGON 2
DOKI DOKI
Keiko Ishihara
3
STRANGE DRAGON
DOKI DOKI

www.doki-doki.fr
contact@doki-doki.fr

ITSUWARI NO FREJA Vol. 1 by Keiko Ishihara

Traduction et adaptation : Ryoko Akiyama
Lettrage : Studio Charon

BAMBOO ÉDITION
290 route des Allogneraies
71850 CHARNAY-LÈS-MÂCON
Tél : 03 85 34 99 09 - Fax : 03 85 34 47 55
Site web : www.bamboo.fr
E-mail : bamboo@bamboo.fr

PREMIÈRE ÉDITION
Dépôt légal : juin 2019
ISBN : 978-2-8189-6778-2

Imprimé en Italie par Lego